AF363964

VENTE

Du Vendredi 8 Novembre 1895

HOTEL DROUOT, SALLE N° 11

A DEUX HEURES 1/4

BEAU MOBILIER

Époques & Styles

Renaissance & XVIIIᵉ Siècle

OBJETS D'ART

BRONZES — SCULPTURES — ARMES

TENTURES

Mᵉ Georges **DUCHESNE**
Commissaire-Priseur
6, Rue de Hanovre, 6

M. A. **BLOCHE**
Expert
28, Rue de Châteaudun, 28

EXPOSITION PUBLIQUE

Le Jeudi 7 Novembre 1895, de 2 h. à 6 h.

IMPRIMERIE ARTISTIQUE

E. MÉNARD & Cⁱᵉ

Bureaux et Ateliers : PARIS — 8, RUE MILTON

CATALOGUE

D'UN

BEAU MOBILIER

Époques & Styles

RENAISSANCE ET XVIIIe SIÈCLE

PIANOS D'ERARD & DE GODARD

BRONZES D'ART & D'AMEUBLEMENT

De BARBEDIENNE et de COLIN

MARBRES, ARMES, SERVICE DE TABLE DE SAXE

PENDULES LOUIS XIV & LOUIS XV

OBJETS D'ART, TABLEAUX GOTHIQUES

TENTURES — TAPISSERIES

FOURRURES

DONT LA VENTE AURA LIEU

HOTEL DROUOT, SALLE N° 11

LE VENDREDI 8 NOVEMBRE 1895

A DEUX HEURES UN QUART

Me Georges DUCHESNE	**M. A. BLOCHE**
Commissaire-Priseur	*Expert*
6, Rue de Hanovre, 6	28, Rue de Châteaudun, 28

Chez lesquels se trouve le présent Catalogue

EXPOSITION PUBLIQUE

LE JEUDI 7 NOVEMBRE 1895

DE 2 HEURES A 6 HEURES

CONDITIONS DE LA VENTE

La vente sera faite *expressément* au comptant.

Les acquéreurs payeront en sus des adjudications *cinq pour cent*.

L'exposition mettant le public à même de se rendre compte de l'état des objets, il ne sera admis aucune réclamation une fois l'adjudication prononcée.

Paris. — Imp. artistique E. Ménard & Cⁱᵉ, 8, rue Milton

MEUBLES

1 — Très jolie petite table formant bureau, en bois satiné de luxe, dessin à losanges, ornée de bronzes finement ciselés et dorés à élégants rinceaux feuillagés, pieds à cannelures, dessus à galerie ajourée. Style Louis XVI.

2 — Piano droit en palissandre, de Godart.

3 — Belle commode en bois de rose, s'ouvrant à trois tiroirs, ornée de bronzes dorés. Epoque Louis XVI. Dessus en marbre brèche d'Alep.

4 — Commode en palissandre garni de bronzes. Epoque Louis XVI.

5 — Commode en bois de rose et bronzes. Epoque Louis XV.

6 — Ameublement de chambre à coucher en noyer sculpté, composé d'un lit de milieu et sa literie, une armoire à glace biseautée, une commode avec glace et étagère marbre rouge, une table de nuit. Style Louis XVI.

7 — Petit écran en noyer sculpté avec tablette pour écrire, feuille en soierie marron. Style Louis XVI.

8 — Table en poirier noirci, dessus porte-cartes en métal.

9 — Piano droit de Erard.

10 — Vitrine en poirier noirci et incrustations d'ivoire avec tablettes en glace.

11-12 — Deux secrétaires en bois de rose, ornés de bronzes. Epoque Louis XVI.

13 — Secrétaire en bois de rose, dessus en marbre blanc et galerie cuivre. Epoque Louis XVI.

14 — Canapé en noyer sculpté, couvert de velours vert avec bande en tapisserie au point.

15 — Ameublement de salle à manger en noyer sculpté, composé d'un grand buffet, une servante à voussures, une table à quatre rallonges, huit chaises couvertes en cuir marron. Style Renaissance.

16 — Deux grands fauteuils en noyer sculpté, couverts en cuir de Cordoue. Epoque Louis XIII.

17 — Armoire normande en noyer sculpté. Epoque Louis XVI.

18 — Six chaises chêne sculpté, couvertes en cuir ce Cordoue doré à fleurs.

19 — Glace biseautée, cadre en bois sculpté et doré à fronton Louis XIII.

20 — Glace ovale, cadre doré.

21 — Glace biseautée avec cadre orné de fleurs.

22 — Petit bureau ancien en bois de camphrier.

23-24 — Deux petits paravents en noyer, ornés de peintures à fleurs.

25 — Vitrine en acajou, ornée de bronzes, dessus à galerie. Style Louis XVI.

26 — Armoire en poirier noirci et gravé, s'ouvrant à deux portes et deux tiroirs.

27 — Ameublement de chambre à coucher, composé d'un lit de milieu, une armoire à glace biseautée, une table de nuit chiffonnière en noyer ciré. Style Louis XV.

28 — Glace biseautée avec cadre en noyer, à colonnettes. Style Henri II.

29 — Deux fauteuils en noyer sculpté, couverts en reps bleu.

3o — Beau paravent en noyer sculpté, à trois feuilles en soierie crème à fleurs. Style Louis XV.

3i — Petite table en noyer sculpté. Style Louis XV.

32 — Chaise d'antichambre en bois noir, incrusté d'ivoire.

BRONZES

33 — Jolie garniture Louis XVI composée d'une
pendule en bronze ciselé et doré représentant
des Amours jouant avec un coq, cadran signé
BALTHAZARD à Paris, sur socle en marbre blanc,
et de deux candélabres formés de vases en marbre
blanc côtelé d'où s'échappent des branches à
quatre lumières, culots et socles en bronze ciselé
et doré.

34 — Statuette en bronze : Le Marin, signé ANFRIC.

35 — Statuette de Vestale en marbre blanc, d'après
CLODION.

36 — Statuette en bronze : Le Myosotis, de MATH.
MOREAU.

37 — Chien et Tortue, petit groupe en bronze, de
JACQUEMART.

38 — Statuette en bronze : La Vénus de Milo.

39 — Jolie pendule Louis XVI en bronze finement ciselé et doré, avec bas-relief, Jeux d'enfants, socle en marbre blanc avec applique en bronze à rinceaux, surmontée d'un vase brûle-parfums.

40 — Pendule en marqueterie de cuivre, ornée de bronzes ciselés à Amours et rocailles. Style Louis XIV.

41 — Statuette en bronze : Premier bouquet, de ANFRIC.

42 — Lampe de parquet en bronze avec tablette en onyx.

43 — Garniture de cheminée en marbre noir et bronze composée d'une pendule surmontée d'un groupe représentant des Paysannes, par H. DU-MAIGE et de deux candélabres à six lumières, édition de SERVAN.

44 — Milieu de table et deux girandoles à trois lumières argenté. Style Louis XV.

45 — Statuette en bronze : La Cigale, de SCHENET.

46 — La Mère et l'Enfant, groupe en bronze, de GAUDEZ.

47 — Pendule forme monument en bronze vert et émaillé à corbeilles fleuries. Ier Empire.

48 — Le Violoniste Florentin, statuette en bronze.

49 — Garniture en cuivre poli composée d'une pendule et de deux candélabres à six lumières.

5o — Petite garniture de cheminée en bronze ciselé et doré à rocailles. Style Louis XV, de COLIN.

51 — Devant de feu en bronze à rocailles.

52 — Milieu de table en cristal rouge, monture en bronze.

53 — Pendule d'applique Louis XIV avec son socle en marqueterie d'écaille et de cuivre ornée de bronzes

54 — Petite pendule de voyage dans son écrin.

55 — Belle lampe de parquet en bronze ciselé à mufles de lions, rosaces et branches de laurier.

56 — Beau surtout de table à fond de glace, monture en bronze doré à volatiles, rinceaux et fleurs.

57 — Deux cachepots en onyx, monture en bronze ciselé et doré à draperies.

58 — Pendule forme dite religieuse en bois noir e bronze.

59 — Les Chevaux de Marly, deux groupes en bronze, d'après COUSTOU.

60 — Statuette en marbre : Le Loup garou.
Signé Bernard 1875.

61 — Le Chanteur florentin, statuette en bronze de PAUL DUBOIS, édition de BARBEDIENNE.

62 — Statuette en bronze : Moïse, édition de BARBEDIENNE.

63 — Aristide, statuette en bronze, édition de BARBEDIENNE.

64 — Deux vases en porcelaine de Sèvres gros bleu à filets d'or.

65 — Deux chenêts en bronze à vases enguirlandés. Style Louis XVI.

66 — Gaîne en onyx d'Algérie, formée par quatre colonnes ornées de bronze.

67 — Garniture de cheminée en bronze doré. Style Renaissance.

68 — Pare-étincelles grillagé, monture bronze.

69 — Haut-relief en bronze représentant La Guerre, de HENRY WEISE, cadre en peluche verte.

70 — Deux chenets en bronze à rocailles. Style Louis XV.

71 — Pare-étincelles, monture bronze à rocailles.

72 — Statuette en bronze : Le Garde-Champêtre.

73 — Suspension à gaz en bronze doré avec abat-jour bleu et couronne en bronze.

74 — Pendule en bronze doré. Ier Empire.

75 — Suspension de salle à manger en cuivre poli.

76 — Grande suspension de salle à manger nickelée.

77 — L'Amour vainqueur.

Statuette en bronze de BOURET.

78 — Statuette en bronze : Napoléon Ier.

79 — Statuette en bronze : La Reine des Abeilles.
Signé BOURET.

80 — Statuette de femme en marbre.

OBJETS DIVERS

81 — Couteau de chasse.

82-85 — Dix-huit netzukés en ivoire et bois sculpté.

86 — Groupe en ivoire sculpté : Enfants jouant avec une pieuvre.

87 — Groupe de trois personnages en ivoire sculpté.

88-90 — Diverses pièces en porcelaine d'Allemagne.

91-92 — Cinq bonbonnières en agate.

93 — Deux coupes en métal argenté et gravé.

94 — Petit canon en bronze ancien sur son affût.

95 — Fusil hamurless de Greener.

96-98 — Trois fusils à percussion centrale.

99 — Baromètre en bois sculpté et doré. Époque Louis XVI.

100 — Quatorze assiettes en porcelaine de Sèvres.

101 — Dictionnaire encyclopédique en deux volumes.

102 — Un autre en six volumes de JULES TROUSSET.

103 — Pupitre en bois de violette orné de nacre et d'ivoire.

104 — Coupe en métal martelé et argenté.

105 — Coupe en porcelaine du Japon, monture en bronze.

106 — Deux tableaux gothiques en bois, représentant des rois et des donataires. Cadres bois sculpté.

107 — Tableau gothique : portrait de roi.

108 — Statuette en bois sculpté : Saint Raphaël.

109 — Statuette de Saint-Michel en bois sculpté.

110 — Buste en bois sculpté représentant un pape.

111 — Plaque en porcelaine espagnole.

112 — Deux vases de Talavera.

113 — Deux petits cadres renfermant des empreintes de camées.

114 — Six grilles anciennes en fer forgé. xve siècle.

115 — Service de soixante-quinze pièces en porcelaine de Saxe à fleurs. Époque Marcolini.

TENTURES, TAPIS

116 — Dessus de piano en soierie rose à fleurs.

117 — Dessus de piano en soierie ancienne et peluche verte.

118-119 — Deux grands tapis d'Orient décors poly-
chromes.

120 — Petite carpette d'Orient décor polychrome
velouté.

121-122 — Deux carpettes orientales.

123 — Dessus de lit en fourrure, dessin à sujets de
chasse.

124 — Fourrure d'homme en drap noir doublé de
loutre, col en loutre.

125 — Fourrure d'homme en drap noir doublé de
bison, col loutre.

126 — Dessus de lit en laine et soie à fleurs.

127 — Deux rideaux en laine et soie.

128 — Six rideaux en brocart de soie rouge.

129 — Tapisserie ancienne représentant une armoire.

130 — Deux rideaux en brocatelle verte.

131 — Portière Louis XVI en damas rouge et bro-
derie crême.